UNMASKED WRITINGS:
ISOLATED INTIMACIES

HISTORIAS DESCONFINADAS:
EN LA INTIMIDAD DE LAS HISTORIAS

Preface/ Prefacio

As I write this at the library, mask on, glasses discarded after losing their battle with the steam, I cannot help but wonder: 'How often can we become conscious we are part of history? How often can we identify a present moment which humanity will remember forever?' The current Covid-19 pandemic is one of those historical milestones, one we get to witness from within. The pieces written by the writers and translators in this collection zoom in and out of our hearts and minds as we experience this unprecedented reality. What better means to express, to translate, to give an account of what we are going through than art? When later generations study this at school –which will probably be entirely virtual-, when historians and anthropologists try to explain what we went through, when any person in the future wonders what life was like 'back then', I am sure they will turn to films, plays, songs, poems, short stories, and any artistic expression for a full and true account of what it meant to live in the time of the 'the virus'.

The texts in this collection explore our feelings, thoughts and actions in a time of sporadic and yet eternal lockdowns. As the walls grow smaller, the voices begin to look into their inner selves and grab an anthropological magnifying glass to observe how reality has changed with the pandemic.
Plans to make the most of the new free time turn into a kind of frustration and guilt when all we do is stay in our bed or on the couch. A bitter-sweet tenderness arises as we realise we are to face our pain and loneliness accompanied only

by someone on a screen. We come to value things, however small, that for a long time we had been taking for granted: a hug, a visible smile, holding hands, a drink at the pub, but also an appreciation of the world around us. As the skies clear, we cherish the various shades of green, endless cyclic sunsets, rows of roof tiles, a new possible route in our daily walk. Even furniture and rooms become protagonists as 'indoors' is now our only habitat. Meeting family or close friends out on the patio becomes subject to tough moral and ethical tests which we seem to be on the verge of failing every time as the invisible enemy may be sitting at the edge of a cracker or at a droplet travelling at the speed of a sneeze. To eat or not to eat, to meet or not to meet, to speak or not to speak, all underly new uncovered moral dilemmas raised by the virus. The unprecedented entails an ever-growing uncertainty visible in tongue-twistingly intricate political measures, uncertainty in relationships, in protocols, in personal plans, in memory, in language.

These talented writers have given way to dystopic, sketching, cathartic, self-referential, questioning, tender and poetic voices. Each of them a brush painting a vast canvas in which emotions and thoughts are restructured as a result of experiencing the 'new normality'; experiences with which the contemporary reader of this collection can easily identify.

Quienes se acerquen a este libro, encontrarán también las traducciones al español de cada uno de los textos originales, reflejos combados de las historias que germinaron en los teclados de los autores, regados de ausencias en los eternos meses de encierro de 2020. Como señalaba Umberto Eco, traducir es decir casi la misma cosa. Ese casi es, sin embargo, un término flexible, de largo aliento, que abraza múltiples enfoques y aproximaciones al texto de partida. Todas son bienvenidas en las traducciones de esta colección. Unas se pegan al original casi como una segunda piel que se funde con la anatomía del relato para latir a un mismo ritmo. Otras horadan el texto para insuflarle aires nuevos que lo revitalizan y lo desengranan, siquiera ligeramente, de los ejes sobre los que pivotaba la historia. Por último, algunas traducciones cartografían el texto fuente, lo deconstruyen, lo recomponen y nos descubren nuevas dimensiones que, en una parábola irónica y espléndida, nos acercan un poco más a la obra original y su sentido profundo.

Sea como fuere, la traducción tumba las barreras de la escritura monolingüe y da nuevas vidas al texto, permitiendo que circule libremente en espacios más amplios, mezclando dos lenguas para que ambas historias se nutran mutuamente en una simbiosis que las hace únicas en sus semejanzas. Traducir literatura es navegar una yuxtaposición constante de sustantivos: es esfuerzo y creatividad, ingenio y sistematismo, trabajo y pasión, libertad y contención.

Y también es arte; un arte que los traductores noveles que han participado en esta colección han demostrado inspirar y expirar a una edad muy temprana. Gracias a ellos y gracias a los autores, podemos hoy asomarnos a un abanico poliédrico de historias que, por separado, son un relato de la intimidad, de lo cotidiano, de la introspección, pero que, en su conjunto, trazan un mapa de la distancia, de la soledad, de los abrazos rotos y los lazos segados, pero también de la esperanza en tiempos de pandemia. Os invitamos pues a que abráis todas estas ventanas para mirar, no hacia fuera esta vez, sino hacia dentro: hacia esa uniformidad sentimental, esas identidades difuminadas y esas vidas en pausa que nos trajo lo impensable.

Antonela Pallini-Zemin,
project liaison coordinator, Norwich

Bruno Echauri Galván,
coordinador del proyecto, Alcalá de Henares

2021

Contents

An Evening Discourse
Soe Thet San — **10**

Tarde para discursos
Soe That San
translated
by Candelas Bayón Cenitagoya — **28**

Buffet of Death
Henry Johns — **48**

El bufet de la muerte
Henry Johns
translated by Julia Martínez Yolba — **54**

Nightwalks
Denise Kuehl — **60**

Paseos Nocturnos
Denise Kuehl
translated
by Rebeca Busto Acedo
and Marta Rodrigo Rodríguez — **70**

An Evening Discourse
Soe Thet San

At 4:45pm, the electricity goes off.

A pigeon glides mid-air.
The walls sizzle in the northwest.
The air hangs still.
The fans stop spinning.
So does the televised chanting.
And the do do do-do-do-do
Of baby sharks.

First of all, I want to talk about the invasion of baby sharks into our family apartment complex of six households. The baby sharks transcend time and space. And age and race. And the language barrier and skin color. And cultural differences and nationalistic sentiments. Baby sharks do not discriminate. Baby sharks embrace us all: young or old, employed or stay-home, married or widowed, pious or atheistic, male or female, ethnic minority or majority, like a benevolent mother embraces her children. Their annexation of our topmost floor started when Juno from the flat in the right wing turned eight months old.

When it was Bao's turn four months later, the baby sharks expanded their territory to the first floor, flooding both flats from the left and right wings because the builder had cheated on the cement mix of the walls. When March ended, Jan's young parents from the ground floor let in the baby sharks knocking on their door because Jan started refusing his food. With the last line of defence down, No (192), Loyal Road from the north-central part of Yangon finally fell under the complete takeover of baby sharks. Their gradual invasion across the timeline of eight months has taken such precedence in our everyday lives, more so than what is going on beyond our gate at a catastrophic scale, but I'll come to that much later.

My baby nephew Bao loves pixelated grownups prancing about in shark costumes. His second cousin Juno from the upper flat likes it choreographed by kindergarteners in tutus. Jan, the younger one from the lower right wing (not the one on the left drowned in perpetual chanting), usually goes for instrumental. As the grandmothers pin down the little wiggling ones in their reclined cradles, small chubby hands being held at their navels and their kicking legs gripped steady, as the aunties of little ones dance their tap dance ringing the tambourines, as the housekeepers try to lodge just a spoonful of congee through the slits of tight little lips, as we all go about our own synchronous struggles, the television is turned on.

"Ooo…?"

We all call a truce. Little ones calm down. Their chests rise and fall in long breaths, lungs emptying the tantrums they have stored up. Little old men's breaths. Their thin translucent ears marked by tiny green veins flick at the beats of *do do do-do-do-do;* their eyes rimmed in long lush lashes shine with joy. Their small lips part ajar, four little white bumps protruding from pink gums. The tambourines rest. The congee slips into the little mouths, swallowed. We release our breaths in unison, in relief, our eyes turning to the LED display, our shared solace.

Five Caucasian sharks are smiling, singing and dancing: the curvy motherly lady wears a red witch hat riding a broom; the spindly grows purple wings at her back; the stocky one puts on a princess' pink dress; the gangly Papa-shark has a blue pirate eye patch and the last round-belly shark puts on a yellow superman cape. In a parallel shark universe above us, fifteen little Chinese sharks in their pink tutus are repeating after the dance steps of their instructor. Like baby ducks following the footsteps of a mama duck. Below, the drumbeats and guitars play in a loop. The grandmothers release little ones' hands and feet. The aunties drop the tambourines. Spoonfuls of congee continue to slide in whenever the little pouting lips part, our attention now at the flickering widescreen, our heads slightly bobbing up and down, our hands scooping up another spoonful and sliding it all in again. Our common goal: to empty the congee bowl, to grow our babies an inch taller, a pound heavier and a tad lovelier than their cousins.

These days, working parents have entrusted their babies to the communal care of grandmothers and an army of stay-home aunties (unwed and overripe, widowed, divorced or unemployed), the latter being considered as better off babysitting their siblings' conjugal creations than being left alone to themselves and their occasional nerve breakdowns. In taking up this guardianship, we have no other choice than to accept the literal invasion of baby sharks and their clan into our lives. The do do do-do-do-do in our heads. The do do do-do-do-do on our lips. The do do do-do-do-do tapping of our fingers. The do do do-do-do-do jerking of our knees. The hijack is real. We have long given up resisting until perhaps a let-it-go might come in to rescue us soon.

Talking about baby sharks and a Disney snow queen who usually sing in the language not of 'our forefathers', I remember an interview of a prominent member of an opposition political party participating in this November election. In earnest, he talked about the importance of protecting our race, language, religion, and culture. He pointed out that our school curriculum from high school to postgraduate studies, from biology to machine learning should be taught in our mother language. *But have we already got a curriculum for machine learning yet?* The interviewer raised a question. *That's not the point.* The politician continued that the educators of our country should work together to prepare the curriculum for every subject in the language of our forefathers. He and his party would definitely push for this if they won this election. *We need to ditch the language of our ex-colonist and embrace our own.*

I say why don't we start with nationalising nursery rhymes first? Ban the baby sharks. Convert them into our golden

Brahminy ducks. Dub in the language of our forefathers. Take off the superman capes and pink tutus. Bring in the bamboo xylophones and harps. Let's have our own baby Brahminy ducks! Let's instil in our children the love of their race, language, and culture through nursery rhymes. Baby sharks or Brahminy ducks do not make much of a difference to us the babysitters as long as our little ones do not start their own little a cappella group screeching in notes above Alto altogether while we are trying to feed them. That is all we ask for.

Now, the invasion of baby sharks at Loyal Road is miniscule in significance and scale compared to what's going on out there. Let's start with a short video clip which is going viral.

A short video clip is going viral. Three monks and a camera crew go onboard a helicopter. Dozens of incantated Alpine purified drinking water bottles are loaded into the cabin. Alpine purified drinking water bottles do not contain water from the Alps but from the Joe Phyu reservoir, located about 40 miles north of Yangon. The Joe Phyu water is distributed via the Joe Phyu pipelines, built in the 40s by English Engineers using American products.

As the monks are filmed chanting and praying at ten thousand feet, the blessed water bearing the Alpine logo is sprayed on the dwarfed land below. *For us to be spared from the doom that's coming.* The viral video clip has gathered a hundred thousand organic likes and seventy thousand organic shares. Fifty thousand comments say, *Yes! We all will be spared*. Organic social engagement means Mark Zuckerberg does not rake in a cent as much as he has not paid in tax although it will already have fed his data bank. Nonetheless, it is a successful campaign both for the Alpine purified drinking water bottles and raising our spirits. As we brace for an imported incurable viral disease bent on wrecking our insides, in the absence of equipped hospitals and protective suits, we make merry with all the moral support and home remedies that we can find. Anything. Everything! Like how our forefathers wore bullet-proof amulets, tied their mothers' longyi hems to their waists and slung swords to fight in the First Anglo-Burmese War.

After incantated Alpine purified drinking water bottles, neem leaves soup video takes the lead. *Little brother, little brother!* An unidentified woman looks into the lens. *Drink the neem leaves soup. Drink the neem leaves soup. It will cure us all.*

All neem trees from the central regions are de-leafed.

I am exaggerating.

Many neem trees are de-leafed. I am not exaggerating. Neem leaves remedies start going viral. Boil the neem leaves. Ferment the neem leaves. Salad the neem leaves. Cook the neem leaves. Steam the neem leaves. Sun-dry the neem leaves. Drink them. Eat them. Bathe in them. Sleep on them. Sniff them. Gargle them. Take them all in and shit them all out.

After neemly acrid taste takes over our palates and disinfects our skin completely, vitamin wars pick right up. *Take Vitamin D! Take Vitamin K2! Take Vitamin C! Potassium and Zinc! Morning and Evening! 20,000 IU each! Take them everyday! You'll be protected! You'll be cured! This doctor and that doctor have prescribed it!* Vitamin sellers launch their viral online campaigns. This doctor and that doctor, social media celebrities in their own rights, also own a few vitamin shops. This doctor prescribes 20,000 IU of Vitamin D. That doctor prescribes 10,000 IU. The two celebrity doctors start a social media spat. Their fans and anti-fans launch their own cyber spats. The other doctors who do not own vitamin shops or have a celebrity status or lack both attributes post their rants and threats: *This is a country of sunshine! Why do we need Vitamin D? We are reporting this breach of ethics to the medical council!* The fans and anti-fans of this doctor and that doctor call a truce and unite against the common enemy.

Before the medical council steps in, before the State sets up a nationwide fundraising campaign urging all the citizens for donations to buy protective wears for our doctors, before our top ten tax-paying tycoons launch themselves into a race of who donate more and how much their taxable income can be lowered, embassies post their official statements.

"To all our citizens on business, travel and religious visas in this country, you are to leave here **WITHOUT FURTHER DELAY.**"

The embassy of China and the United States announce.

So do the embassies of A… and N…, of T…, S… and J…, of N… and N… in the horizon far ahead, we see chartered flights are taking off and we are waving *So Long!*

So Long!

Now, digressing from the flights buzzing out and in and out again and who knows when they will ever be back again, I want to talk a little about the damned ones and the chosen ones. There are the damned ones. There are also the chosen ones. The chosen ones, imagine them up there on a flying hovercraft looking down at the damned lot of us on the ground. First, the camera zooms in on our faces smudged with dirt and doom. The flying craft reflects in our toddlers' big wide eyes. Then, zooming away to show our rugged clothes fluttering. There will be smokes and white plastic bags flying past in the background. Now, it is important to also show the rubble we're standing on, like building debris littered with Coca-Cola cups and Kentucky Fried Chicken wraps (product placement ads still have their allotted screen time either in a rom-com or an apocalyptic film) or Styrofoam waste with Golden Brahminy Duck Restaurant stickers. Then on cue, we are filmed waving goodbye in our dishevelled hairs and mismatched slippers (we should probably be running for our dear lives by then) and the camera slowly glides up together with the flying hovercraft till we are spotted as a bunch of bob heads cornered in by a swarm of locusts and spiders, or a hoard of vampires and virus showers. All in one long take.

But the undying spirit and grit of us the damned ones are never to be taken lightly, either on screen or off screen. Even in the midst of unprecedented chaos, we will still hold the last line of defence. In this heart-wrenching, awards-grabbing scene where vampires tear the limbs apart, the viruses eat away at the lung, the blood gushes out from the mouth and eyes gouged out, the last man and woman standing will still hold onto our national flag and sing the last bit of our national anthem until the last breath leaves.

At 4:45 pm on a Wednesday evening, the electricity goes off and baby sharks vanish. In the absence of baby sharks, the train of thoughts collapses. The sun hangs low, baking all the northwest-facing walls along its limpy descent. Slices of a pale summer sky sneak past in, jostling the curtain frills.

In the absence of thoughts, I hear the earth spinning.

Doors open and close. The footsteps shuffle down the stairs. Of rubber slippers and of several paws. The indistinct mumblings echo in. Our toddler Bao glances up at us, swallowing the last bit of his meal. His little veined ears twitch. Eyebrows raise and the lashes flick. Lips round to an O, "Ooo…?"

"Ooo… you say, Bao?"

"Ooo…"

His eyes sparkle. Sparkling marbles.

"Shall we go down for a stretch?"

"Ooo…"

I strap him to my chest the kangaroo-mama way, put him

on his favorite blue hat with flapping ears. Our little dumpling. Our precious. He is a premature baby. He was conceived when his parents, project managers of some corporations, forgot to slot him in on their family planning Gantt chart. He weathered through several abortion threats his mama had made whenever her prenatal stress kicked in. He survived the water-breaking when his mama left home in a fit. He withstood those harrowing midnights when his mama told him that she would stamp on his throat if he did not stop crying. Our Bao did not stop crying because he did not understand what that meant. Our Bao did not stop crying because he exactly understood that his mama wanted to stamp on his throat. Our Bao did not stop crying because he remembered a chill running down the umbilical cord when his mama spoke of abortions. Our Bao did not stop crying because he understood his mama had every right to love herself a little more. Sobbing away on his father's shoulder because all he wanted was for his mama to hold him, feed him her milk and not a made-in-Japan-the-best-of-its-kind baby formula, but his mama did not have all the time in the world and she was so tired she wanted to rest, our Bao fell asleep after exhausting all his tears.

Putting on his favourite hat is a cue for stepping out into the big wide world where he touches the leaves and grabs the orchids to eat. He likes going for an evening ride in his father's lap at the steering wheel, with his mama beside him, but now he can only look out of the gate at deserted streets. He likes playing with the soil and marvels at his four-pawed friends. There was once he mimicked raising his left leg sideways on all fours. It took us a week to correct his wee-wee way. His parents told us that we should be more careful raising him.

"Bao's coming. Watch out!"

Aunt Amy who lives on the left wing flat above us shouts from the front yard. In her usual operatic shout. Bao covers his ears with his tiny hands and shakes his head. A pale crease forms between his soft brows, bridging them. A little old man's frown. I place my forefinger on the crease; the brows separate. He gives sideway glances to his grandaunt Amy and pouts his lips. "Little old man." I whisper in his ears. He lets out a sigh.

I hold his head close to my chest and look down at my steps.

"Aunt Amy, what?"

"Dog's poo. Right there. Can someone get ashes to cover it up?"

"It's your dog. You should train it properly." The great grandfather from the perpetual chanting flat calls out on his walking stick. He sired five children, thirteen legitimate grandchildren, three great grandchildren, two dogs and one cat. He built the family apartment complex with a foresight that on his deathbed, he would be surrounded by all his family members and die a little less lonely.

Aunty Amy lifts her chin up, pouts her lower lip and slightly shakes her head in defiance. She is the second youngest daughter of the first generation, widowed for three years and left with no child. She has a knack for not caring about many things she should be caring for. She also has a knack for caring about many things she should not be caring for. She cares about the orchids from the rooftop garden for a start. The orchids bloom in yellow, red, and bright violet. The orchids which Bao used to snap and nibble at before spitting them out.

Aunt Amy counts her orchid blooms every day. The missing blooms usually puzzle her, but she has yet to find the culprit. It is a little secret between Bao and me that we are not going to let her in. Not that easy! The orchids are Aunt Amy's pride, both in organic and spiritual nature. "I do not use chemical fertilizers." She loves sharing her gardening knowhow. "I put eggshells and rice water. But believe me or not, my early morning chants make them bloom in full!"

Aunt Amy is an early riser. At three every morning, we can hear her chant and say prayers in our lucid dreams. The singsong chanting voice reaches far beyond the confines of her prayer room and bounces back from the rooftop garden and the flats underneath. As she falls in love again with the rhythm of her own chanting echo, she raises her voice a little higher, her chants become a tad more euphonious, and a positive feedback loop forms, waking up everyone and everything in the vicinity when dawn arrives.

Juno's working parents who live opposite Aunt Amy's flat tried to bring up the issue of Aunt Amy's early morning ritual once at the ninetieth birthday party for the great grandfather.

"Juno is a very, very playful child." Juno's mother is a corporate lawyer working for a law firm. "When we come back from work, he likes to play with us until midnight! He is also quite a light sleeper. Even the slightest sound can wake him up." Aunt Amy thinks that is very normal. "Toddlers that age can be hyperactive and curious. Let him wake up and play all he wants! Don't force him to do anything he doesn't want to. Let nature take its own course. The first three years of a child is very very important. You gotta be tolerant!"

An impromptu gathering of four family generations is taking place on the front yard lawn like ants after rain. We have been stuck in our flats for almost a week since the city's lockdown.

"What a gathering here! How're you doing Aunt Amy?"

I try to move away Bao's tiny hands covering his ears, but they remain planted where they are, his pointy elbows spreading out like tiny wings, his furrowed baby glare still on his grandaunt.

"Oh, I don't know. I was coughing really hard last night."

"No way! Are you having…?"

"No of course not! I don't even have a fever. It's just a cough."

"Jan Jan, don't go to Aunt Amy. She's having a cough!"

"Juno, don't go to Aunt Amy. She's having a cough!"

Jan's and Juno's mothers chime in together, taking out the baby strollers, coaxing their little ones. "Why are you coughing? Did you eat something wrong?"

"Well, not quite. Must be the seasons changing. I'm better

now. It was terrible coughing last night. Do you guys know what I did?"

"No… Don't tell us you prayed!"

"Exactly! So I made some warm salt water and I offered it to the deities and I vow to them that I have done many good things in the world and that's the truth and because I've just said the truth and therefore this offered salt water may cure my coughing! And I gargle it all! And viola, the cough is gone!"

Juno dashes toward the great grandfather, beep-beeping his beep-beep shoes all the way. "Bao, should we make a run too?" I put down our baby Bao and offer him my hands. He grabs them tight and we make a run, giggling our way barefoot. He cannot walk on his own yet. But he is almost there. Our Bao will run on his own very soon. He hugs his great grandfather's leg and looks up, holding up his hands, palms spread wide, rounding his lips to an O, "Ooo…?"

They receive two biscuit sticks each. Juno runs back to his mama. Bao showers his great grandfather with salivated kisses, a trick he recently learnt to get himself more biscuit sticks. "Isn't he a little small?"

"We think he is growing." I squat down and pat his back, feeling the small bumps of his spine. I give a gentle massage on his tiny legs. They are tiny but they kick so hard when he is fed. "You see, his parents have already stocked up enough baby food for three months. The Singapore baby noodles, New Zealand baby yoghurt, the baby cheese. I don't quite know where the cheese comes from, but it is endorsed by his paediatrician. They cost a fortune."

"Sister, you should feed him vegetables."

Jan's mother sits down on a bench right beside the hedgerow and pulls up her blouse soaked in milk. Those bulging breasts, milk droplets oozing from the firm nipple. Jan sucks them hungrily, his moist lips cupping the whole spread of the nipple, the milk excess drooling from a corner of his mouth, his palm holding up to his mama's cheeks, his eyes looking into hers. He smiles as he takes. She smiles as she gives him her all. Breasts and nipples will feed different hungers of our babies as they grow up, their thirst never quenched. I feel my breast twitch. If I squeeze my nipple hard, will it leak some milk?

"Yes, we do." I watch Jan suck. "We give Bao his daily veggie and rice congee. He always throws a fit eating it."

"Don't you put some salt in there?"

"No, his parents forbid us to put any salt."

"That would be too bland."

"They're afraid Bao will get hypertension."

The mother switches Jan to the other overflowing breast.

"But that's not true. Then do you change recipes?"

"Em… his parents got a meal plan from a nutritionist. We usually prepare congee with chicken and broccoli, or congee with prawns and carrots. Sometimes beef. Or mutton bone marrow or chicken feet soup. And he will have his noodles, formula, yoghurt, biscuits, fruits, and vitamins, all scheduled."

"A nutritionist?" Jan's mother looks up, her fingers caressing the baby's moist chubby cheek. A dimple dips. Jan chuckles, amused by his mama's soft voice. The milk forms into a bubble at the corner of pink lips. "My Jan… what're you laughing about?" Jan's mother rocks her body slightly.

Jan's mama took maternity leave when Jan was born. Three months turned to six months. When it dragged on toward the eighth month, she decided to quit her job as a radio announcer from a local radio station. Her mother passed away a while ago and she has no sister to help her, nor the means to hire a housekeeper.

"I don't know much about the nutritionists. I can't afford imported foods. Are they any good? I'm glad Jan drinks lots of milk. I made him some egg pudding for his snacks. He weighs all right." Bao and I sit beside them, Bao in my lap, his fingers pinching my thumbs, watching, pondering, spellbound.

In a split second, Bao lunges for Jan's face. And the breasts.

Our Bao is a very strong boy. He eats a lot of nutritious food and vitamins. You will not believe that he had not a drop of his mama's milk. You will not. Our Bao is a very affectionate boy. When he loves, he holds your cheeks in his small palms and puts his lips on yours, leaving a saliva trail of strawberry yoghurt flavour. Our Bao is a very nostalgic boy. When he looks out at the streets, he stares and stares, his small heart beating against mine, his breaths long drawn, his body still.

Our Bao is a very empathetic boy. He shares his food with people he loves, putting his biscuit sticks into your mouth. Our Bao is a boy who loves to sing. When he is put to bed, he sings along the lullabies until his eyelids close.

As I rock Bao in my lap on the garden bench, I wipe his bloodied fingertips with the hems of my blouse. "It's alright, darling. It's alright." I whispered into his ears. His marble eyes brimmed with tears. He covers his ears with his small hands and I gently cup mine on his. His lips round to an O but he is not making any sound. Jan's mama is screaming, her milk dripping everywhere, her white breast bearing scratches oozing of blood, her Jan in her embrace screeching, his tears joining the blood milk trail at his dimple.

Bao and I sit rocking gently, my chin resting on his head, my hands still on his, his hands still on his ears. Together, we watch a screaming woman and her screeching baby. We watch people running in and out of the flats. We watch them call other people. We watch them taking photos. We hear them mumbling, Aunt Amy suggesting to call an ambulance, the grandfather shutting her up, Juno's mama bringing out the first aid kit, Aunt Amy suggesting to spray the incantated water on the screeching baby to heal him, on the silent baby to ward off the evil spirit, the grandfather shutting her up again.

I release my hands from our Bao's head and turn him to face me. I wipe away the tears brimming in his eyes, yet failing to fall. I bring his face closer to mine. I kiss his forehead and his little nose. I breathe in the talcum powder and a shock which he does not understand.

I unbutton my blouse and pull up my brassiere. My flat chest facing him, a lopsided chest with a missing breast. Bao looks up at me and my lopsided chest. He makes a faint smile. He pinches the scar on the flat side. He scratches it. He looks up at me smiling. He breaks into giggles. He pinches the nipple from the other side. He pulls it hard, left and right. He pulls out the strands of hairs around it. He cups it in his palms. I gently lay him in my lap and slip my nipple into his mouth.

The power turns back on at 6:00 p.m. I close my eyes and listen to the earth spinning.

Tarde para discursos
Soe That San
translated by Candelas Bayón Cenitagoya

A las cinco menos cuarto de la tarde, se va la luz.
Una paloma surca el cielo, planeando.
Las paredes crepitan en el noroeste.
El aire se aquieta.
Los ventiladores dejan de girar.
Enmudecen también los cánticos televisados.
Y el *do do do-do-do-do,*
de los *baby sharks.*

Para empezar, quiero hablar de la invasión del *do do do-do-do-do* —del frente visual así como del auditivo— de los *baby sharks* en el bloque de viviendas de nuestra familia que alberga seis hogares, apilados unos encima de otros, en tres pisos de dos apartamentos cada uno. Los *baby sharks* trascienden tiempo y espacio. Edad y raza. Barrera idiomática y color de la piel. Diferencias culturales y sentimientos nacionalistas. Los *baby sharks* no discriminan. Los *baby sharks* nos aceptan a todos: tanto si tenemos un trabajo como si no, si somos jóvenes o viejos, casados o viudos, píos o ateos, hombre o mujer, mayoría o minoría étnica, como una madre benévola acepta a su prole. Su anexión a nuestro piso superior comenzó cuando Juno, del apartamento a mano derecha, cumplió ocho meses.

Cuando le llegó el turno a Bao, cuatro meses después, los *baby sharks* expandieron su territorio al piso inferior. Su marcha militar de letra pegadiza pudo inundar ambos apartamentos, de derecha a izquierda, gracias a la negligencia del albañil, que no puso suficiente cemento en la mezcla de las paredes. Cuando acabó marzo, los jóvenes padres de Jan, de la planta baja, se rindieron a la entrada de los *baby sharks* porque Jan se negaba a comer. Así, con la caída de la última línea de defensa, el número 192 de Loyal Road, de la zona centro-norte de Yangón, quedó finalmente sometido a la toma de poder de los *baby sharks*. Su —Baby Shark *do do do-do-do-do*— es un gusano auditivo que infecta nuestras cabezas, introduciéndose en ellas a través de nuestros oídos. Su dominio gradual en el transcurso de ocho meses ha cobrado tanto protagonismo en nuestras vidas, que nos costó darnos cuenta de que la raza humana más allá de nuestra familia estaba siendo erradicada por un virus aniquilapulmones. Pero ya hablaré de eso más adelante.

Hay tres niños pequeños en el bloque de viviendas de nuestra familia, nacidos con cuatro meses de diferencia unos de otros. A mi pequeño sobrino, Bao, le encantan los adultos pixelados disfrazados de tiburón que brincan en su canal de televisión infantil. A su primo segundo, Juno, más mayor que él, del apartamento de arriba, le gustan los niños de infantil con tutú que bailan coreografías. A Jan, el más joven, del apartamento a mano derecha de la planta baja —no el que está a mano izquierda, perpetuamente inmerso en cánticos religiosos— , suelen gustarle las versiones instrumentales. Durante las horas de sus comidas, mientras las abuelas retienen en sus cunas reclinadas a los pequeños que se retuercen; manecitas regordetas sujetas a sus ombligos y piernas que patalean, firmemente agarradas; mientras las tías hacen sonar las panderetas para distraerlos y las cuidadoras intentan pasar aunque sea una cucharada de *congee* a través de los pequeños labios herméticamente cerrados; mientras todos hacemos frente a nuestras batallas de forma simultánea, la televisión está encendida. Los bebés que se retuercen, juntan sus labios y los adelantan a la par que vuelven las orejas.

—¡Oooh…!

Llega la tregua. Los pequeños se calman. Sus pechos suben y bajan en largas respiraciones, los pulmones liberan los berrinches acumulados. Respiran como pequeños ancianos. Sus orejas traslúcidas, surcadas por diminutas venas verdes se baten al ritmo del *do do do-do-do-do*; sus ojos bordeados de largas y frondosas pestañas brillan con alegría. Sus pequeños labios se entreabren, cuatro bultitos blancos sobresalen de las encías rosadas. Las panderetas descansan. El *congee* se desliza por las boquitas, tragado al fin. Dejamos escapar un suspiro al unísono, aliviados, nuestros ojos se vuelven hacia la pantalla led, nuestro consuelo compartido.

Cinco tiburones caucásicos sonríen, cantan y bailan: una mujer, maternal y curvilínea, lleva un sombrero rojo de bruja y conduce una escoba; a otra, larguirucha, le crecen alas moradas de la espalda; uno, bajo aunque fornido, luce un vestido rosa de princesa; el desgarbado personaje del padre, *Daddy shark*, lleva un parche azul de pirata en el ojo, y el último tiburón, de barriga prominente, lleva una capa amarilla de supermán. En el universo tiburoniano paralelo del piso de arriba, quince pequeños tiburones chinos con sus tutús rosas imitan los pasos de baile de su profesor. Como patitos siguiendo los pasos de la mamá pato. Un piso más abajo, los ritmos del tambor y las guitarras suenan sin cesar. Las abuelas sueltan las manos y pies de los pequeños. Las tías dejan caer las panderetas. Las cucharadas de *congee* continúan deslizándose a cada oportunidad en que se entreabren los pequeños labios apretados. Nuestra atención se dirige ahora a la pantalla plana parpadeante, nuestras cabezas meciéndose ligeramente arriba y abajo, nuestras manos llenando otra cucharada de comida y deslizándola dentro de nuevo. Nuestro objetivo común: vaciar el tazón de *congee*, cultivar a nuestros bebés una pulgada más altos, una libra más pesados y un poquito más adorables que los de nuestros primos.

Hoy en día, los padres trabajadores confían sus retoños al cuidado comunal de las abuelas y a un ejército de tías amas de casa —solteras y demasiado maduras, viudas, divorciadas o desempleadas. Se considera que estas últimas están mejor cuidando de las creaciones conyugales de sus hermanos y hermanas que a solas consigo mismas y sus ocasionales crisis nerviosas. Al aceptar esta custodia, no nos queda otra opción que aceptar también la invasión literal de nuestras vidas por parte de los *baby sharks* y sus tropas. Los *do do do-do-do-do* en nuestras cabezas. Los *do do do-do-do-do* en nuestros labios. Los tamborileos de nuestros dedos al ritmo del *do do do-do-do-do*. Los movimientos de nuestras rodillas al son del *do do do-do-do-do*. La abducción es real. Hace ya tiempo que dejamos de resistirnos. Quizá un *Let it go* acuda a nuestro rescate pronto.

Hablando de *baby sharks* y reinas de las nieves de Disney que, por norma general, cantan en una lengua que no es la de —nuestros ancestros—, recuerdo una entrevista que le han hecho a un político participante en las elecciones del próximo noviembre. En resumidas cuentas, habló sobre la importancia de proteger nuestra raza, idioma, religión y cultura. Señaló que nuestro plan de estudios, desde la secundaria a los estudios de posgrado, de Biología a Aprendizaje Automático, debía ser impartido en nuestra lengua materna.

—Pero, ¿tenemos ya un plan de estudios de Aprendizaje Automático?—preguntó el entrevistador.

—Esa no es la cuestión— el político siguió hablando de cómo los educadores de nuestro país debían trabajar juntos en la preparación de un plan de estudios en la lengua de nuestros ancestros para cada asignatura. Tanto él como su partido se encargarían de poner esta cuestión sobre la mesa en el caso de ganar las elecciones— .Tenemos que deshacernos de la lengua de nuestros antiguos colonos y abrazar la nuestra.

Quizá podrían empezar por nacionalizar las canciones infantiles. Prohíbe los *baby sharks*. Conviértelos en nuestros patos dorados sagrados, los Golden *Brahminy Ducks*. Baby Golden Brahminy Ducks *do do do-do-do-do*... Baby Ducks[1]. Doblalos al idioma de nuestros ancestros. Quítales las capas de supermán y los tutús. Haz traer los xilófonos y las arpas de bambú. ¡Tengamos nuestros propios baby *Brahminy* ducks! Instilemos en nuestra prole el amor por su raza, idioma y cultura mediante canciones. Para nosotras, las niñeras, el que sean *baby sharks* o baby *Brahminy* ducks no supone mucha diferencia mientras nuestros pequeños no empiecen su propio grupo a capela, berreando durante las comidas notas que resultarían imposibles a una soprano. Eso es lo único que pedimos.

Ahora bien, la invasión de los *baby sharks* en Loyal Road es minúscula en significación y escala cuando se compara con lo que está ocurriendo a nuestro alrededor. Empecemos por un vídeo corto que se está haciendo viral.

Un vídeo corto se está haciendo viral. Tres monjes y un equipo de cámaras suben a un helicóptero. En la cabina se cargan decenas de botellas de agua bendita purificada de la marca Alpine. Las botellas de agua purificada de la marca Alpine no contienen agua de los Alpes sino del embalse Joe Phyu, situado a 40 millas del norte de Yangón. El agua de Joe Phyu se suministra a través de las cañerías de Joe Phyu, construidas en los años cuarenta por ingenieros ingleses empleando productos americanos.

---

1. La traducción de este verso inventado, sería algo así como: "Pequeños patos Brahminy dorados do do do-do-do-do [...] Pequeños patos" o, en el caso del verso real de la canción Baby shark: "Pequeño tiburón do do do-do-do-do [...] Pequeño tiburón". El pato Brahminy, también llamado Hintha o Shwe Hinthar en birmano, es el tarro canelo, y en Myanmar son el símbolo de la región de Bago y del estado Mon, además de ser considerados sagrados por el budismo. (N. de la T.)

Mientras se graban los cánticos y las plegarias de los monjes, el agua bendita etiquetada con el logotipo de Alpine rocía la tierra que se empequeñece a lo lejos. —Para que se nos libre del mal que viene—. El vídeo viral ha cosechado cien mil «me gusta» y ha sido compartido setenta mil veces en redes sociales. Cincuenta mil comentarios rezan: —¡Sí! Se nos librará—. Es una campaña de éxito tanto para las botellas de agua purificada de Alpine como para levantarnos los ánimos. Mientras tratamos de disuadir a una enfermedad vírica, incurable e importada, de destrozarnos por dentro; en ausencia de hospitales equipados y trajes de protección, nos contentamos con el apoyo moral y los remedios caseros que tenemos a nuestro alcance. Cualquier cosa. ¡Toda cosa! Lo hacemos del mismo modo en que nuestros ancestros se pertrechaban a base de amuletos a prueba de balas y espadas, y se ataban a la cintura el dobladillo de las faldas longyi de sus madres, para luchar contra unos colonos mucho mejor armados.

Al vídeo viral de botellas de agua bendita purificada marca Alpine, le sigue el vídeo de sopa de hojas de árbol de nim. —¡Hermanito, hermanito!— repite una mujer desconocida que mira directamente a cámara y sentencia:

—Bebed sopa de hojas de nim. Bebed sopa de hojas de nim. Nos curará a todos.

Todos los árboles de nim de las regiones centrales se ven despojados de sus hojas.

Estoy exagerando.

Muchos árboles de nim se ven despojados de sus hojas. No estoy exagerando. Los remedios con hojas de nim se vuelven virales. Hervid las hojas de nim. Fermentad las hojas de nim. Preparad ensaladas con las hojas de nim. Cocinad las hojas de nim. Coced las hojas de nim. Secad las hojas de nim al sol. Bebéoslas. Coméoslas. Bañaos en ellas. Dormid en ellas. Esnifadlas. Haced gárgaras. Metéoslas todas adentro y expulsadlas todas fuera con vuestra mierda.

Después de que el regusto acre del nim asedie nuestros paladares y desinfecte por completo nuestra piel, toman el relevo las guerras de vitaminas. —¡Tomad vitamina D! ¡Tomad vitamina K2! ¡Potasio y zinc! ¡Mañana y tarde! ¡20.000 UI de cada! ¡Tomadlas todos los días! ¡Estaréis protegidos! ¡Os curaréis! ¡Lo han recetado este médico y aquel otro!— Los vendedores de vitaminas lanzan sus campañas virales en línea. Este médico y aquel otro — celebridades de pleno derecho en redes sociales— también son dueños de unos cuantos negocios de vitaminas. Este médico recomienda 20.000 UI de vitamina D. Aquel otro recomienda 10.000 UI. Los dos médicos-celebridades comienzan una discusión por redes sociales. Sus seguidores y detractores se enzarzan en sus propias disputas cibernéticas. El resto de los médicos que no tienen tiendas de vitaminas o estatus de celebridad o ninguna de las anteriores, publican sus quejas y amenazas: —¡Este es un país de sol! ¿Por qué necesitamos vitamina D? ¡Vamos a denunciar este incumplimiento del código ético al consejo médico!— Los seguidores y detractores de este médico y aquel otro se dan tregua y se unen frente al enemigo común.

Antes de que el consejo médico tome cartas en el asunto; antes de que el Estado organice una campaña de recolección de fondos a nivel nacional, urgiendo a los ciudadanos a donar para poder comprar equipos de protección a nuestros médicos; antes de que los diez magnates de nuestro país que más impuestos pagan empiecen a competir por ver quién hace el mayor donativo y cuánto pueden desgravarse, las embajadas publican sus comunicados oficiales:

—Se advierte a todos nuestros ciudadanos que se encuentren en este país con una visa de trabajo, de turista o religiosa, de que, por su seguridad, deberán abandonarlo **DE INMEDIATO**—.

Esto anuncian las embajadas de China y de Estados Unidos. También las de Australia y Nueva Zelanda, las de Tailandia, Singapur y Japón, las de Noruega y Países Bajos. En el horizonte que se extiende a lo lejos, divisamos vuelos autorizados que despegan y les decimos adiós con la mano: ¡Hasta luego!

¡Hasta luego!

Mientras los aviones despegan y quién sabe cuándo regresarán, en medio de mis quehaceres cotidianos y el cuidado de niños, reflexiono sobre ciertos aspectos relacionados con los condenados y los elegidos. Creo que hay personas condenadas. Seguramente, gente como nosotros. También hay unos pocos elegidos. Imaginemos a los elegidos, estimados ciudadanos de estimados países en otras partes del mundo, mirando hacia abajo desde sus vehículos aéreos, mirándonos a nosotros, los condenados, en el suelo. Imaginemos de nuevo. Si esto fuera una película, la cámara acercaría el plano a nuestras caras manchadas de inmundicia y fatalidad. Los artefactos voladores se reflejarían en los ojos grandes y abiertos de nuestros niños. Después, el plano se alejaría para mostrar nuestras ropas raídas ondeando al viento. Al fondo, se distinguirían humo y bolsas de plástico blancas arrastradas por el viento. La cámara no querría perderse el vertedero sobre el que nos encontramos. Por ejemplo: escombros de edificios salpicados de vasos de Coca-Cola y envoltorios de Kentucky Fried Chicken (siempre habrá lugar para la publicidad de productos en pantalla, ya sea en comedias románticas o en películas apocalípticas) o residuos de poliestireno con pegatinas del restaurante Golden *Brahminy* Duck. Entonces, en el momento justo, nos grabarían diciendo adiós con la mano, con el pelo despeinado y zapatillas de andar por casa desparejadas (para entonces ya tendríamos que estar corriendo por nuestras vidas) y la cámara se alejaría lentamente hasta que nuestras cabezas se volvieran del tamaño de un alfiler, una marabunta de muchedumbre acorralada por algo siniestro, como un enjambre de langostas y arañas, o una horda de vampiros y lluvias de virus. Todo en una única y larga toma.

A las cinco menos cuarto de la tarde de un miércoles, se va la luz y los *baby sharks* se esfuman. En su ausencia, el hilo de pensamientos se colapsa. El sol cuelga bajo, carbonizando las paredes orientadas al noroeste en su débil descenso. A través de los volantes de las cortinas, empujándolas, se abren paso pálidas tiras de cielo de verano.

Sin el ruido de los pensamientos, oigo la tierra girar.

Las puertas se abren y cierran. Los pasos se arrastran hacia abajo por las escaleras. Pasos de pantuflas de goma y de patas peludas. Se filtra el eco de un murmullo inteligible. Nuestro bebé Bao levanta la mirada hacia nosotras, engullendo el último bocado de su comida. Sus orejitas venosas se estremecen. Las cejas se levantan y las pestañas se unen en un parpadeo. Los labios se redondean para formar un —¿Oooh…?—.

—Oh, ¿dices?

—Oooh…

Sus ojos relucen.

—¿Bajamos a estirarnos un poco?

—Oooh…

Me lo ato al pecho como las mamás canguro y le coloco su gorro favorito, azul con orejas aleteantes. Nuestro pequeño dumpling. Precioso nuestro. Fue un bebé prematuro. Su concepción fue posible gracias a que sus padres, jefes de proyectos de ciertas corporaciones, olvidaron hacerle un hueco en el diagrama de Gantt de planificación familiar. Resistió a las amenazas de aborto que su madre profería cada vez que el estrés prenatal entraba en acción. Sobrevivió a la rotura de aguas cuando su madre se marchó de casa en un arrebato. Aguantó aquellas tormentosas noches en que su madre le decía que le pisaría el cuello si no dejaba de llorar. Nuestro Bao no dejaba de llorar porque no entendía lo que significaba aquello. Nuestro

Bao no dejaba de llorar porque entendía perfectamente que su madre quería pisarle el cuello. Nuestro Bao no dejaba de llorar porque recordaba el escalofrío que le recorría desde el cordón umbilical cuando su madre hablaba de abortos. Nuestro Bao no dejaba de llorar porque entendía que su madre tenía todo el derecho a quererse a ella misma un poco más. Sollozando en el hombro de su padre porque lo único que quería era que su madre lo acunara y le alimentara con su propia leche y no con la «mejor fórmula de leche para bebés importada de Japón». Pero su madre no tenía todo el tiempo del mundo y estaba tan exhausta que solo quería descansar; nuestro Bao se dormía tras agotar todas sus lágrimas.

Ponerle su gorro favorito es la señal de que salimos al amplio mundo en el que toca las hojas y agarra las orquídeas para comérselas. Le gusta dar paseos vespertinos en el regazo de su padre, al volante, con su madre al lado, pero ahora solo puede mirar las calles desiertas a través de la verja. Le gusta jugar con la tierra y se maravilla ante sus amigos de cuatro patas. Una vez, imitó el gesto de levantar su pierna izquierda hacia un lado a cuatro patas. Nos llevó una semana conseguir cambiar su forma de hacer pipí. Sus padres nos dijeron que debíamos cuidar más la forma en que lo educábamos.

—¡Paso, que viene Bao!—grita la tía Amy, con su típico timbre operístico, desde el patio delantero. Vive en el piso superior al nuestro, en el apartamento a mano izquierda.

Bao se tapa las orejas con sus manos diminutas y mueve la

cabeza. Una arruga desvaída se forma entre sus suaves cejas. El ceño fruncido de un ancianito. Pongo mi índice sobre la arruga; las cejas se separan. Le echa miradas de reojo a su tía abuela Amy y junta los labios.

—Ancianito— le susurro al oído. Deja escapar un suspiro.

Acerco su cabeza a mi pecho y miro hacia mis pies.

—¿Tía Amy, qué…?

—Caca de perro. Justo ahí ¿Puede traer alguien cenizas para cubrirla?

—Es tu perro, deberías entrenarlo como es debido— el bisabuelo de los tres niños de los pisos continuamente invadidos por canciones la regaña con su bastón de paseo. A lo largo de su vida ha engendrado cinco hijos, trece nietos legítimos, tres bisnietos, dos perros y un gato. Construyó el bloque de viviendas en el que residimos con la visión de que, en su lecho de muerte, estaría rodeado de todos los miembros de su familia y moriría un poco menos solo.

La tía Amy levanta la barbilla, hace un mohín y sacude la cabeza imperceptiblemente, desafiante. Es la segunda hija más joven del bisabuelo, viuda desde hace tres años y sin hijos. Tiene un talento especial para que no le importen muchas de las cosas que deberían importarle. También tiene un talento especial para que le importen muchas cosas que no deberían. Lo que más le interesa son las orquídeas del jardín situado en la azotea. Orquídeas que florecen amarillas, rojas y en un violeta brillante. Orquídeas que Bao solía partir y mordisquear para después escupir.

La tía Amy cuenta cuántas orquídeas han florecido cada día. Las orquídeas que faltan la desconciertan pero aún no ha hallado al culpable. Es un pequeño secreto entre Bao y yo del que no dejaremos que ella sea partícipe. ¡No tan fácilmente! Las orquídeas son el orgullo de la tía Amy, tanto a nivel orgánico como espiritual.

—No uso fertilizantes químicos.— Le encanta compartir sus conocimientos sobre jardinería. —Les echo cáscara de huevo y agua de arroz. ¡Y me creáis o no, son mis cánticos matinales los que las hacen florecer en todo su esplendor! —.

La tía Amy es madrugadora. Todas las mañanas, a las tres, sus cánticos y plegarias se cuelan en nuestros sueños lúcidos. La voz que utiliza para cantar atraviesa los confines de su habitación de rezo y rebota desde el jardín de la azotea hasta los pisos de debajo —de nuevo, culpemos al albañil que también escatimó en cemento para la mezcla del suelo. La tía Amy eleva el tono ligeramente, sus cánticos se vuelven un poco más eufónicos, y, mientras se vuelve a enamorar de su propio eco, se crea un bucle de retroalimentación positiva que despierta, al alba, a todo y a todos en el vecindario.

Los padres de Juno, que trabajan, viven en el apartamento de enfrente de la tía Amy. Una vez intentaron sacar el tema de su ritual matutino, en la fiesta del noventa cumpleaños del bisabuelo.

—Juno es un niño muy, muy juguetón— la madre de Juno es abogada para una empresa extranjera—. Cuando llegamos a casa del trabajo, ¡solo quiere jugar con nosotros hasta medianoche! También tiene el sueño bastante ligero. Incluso el sonido más tenue es capaz de despertarle.

A la tía Amy esto le parece bastante normal:

—A su edad, los niños son hiperactivos. ¡Y curiosos! ¡Tenéis que ser comprensivos!

Así, a falta de electricidad, se produce un encuentro espontáneo de seis familias en el patio delantero, como hormigas después de la lluvia. Al fin y al cabo, nos hemos pasado una semana encerrados en nuestros apartamentos desde el confinamiento de la ciudad.

—¡Menuda reunión tenemos por aquí! ¿Qué tal estás, tía Amy?

Intento despegar las manecitas de Bao de sus orejas, pero permanecen dónde están, los puntiagudos codos extendidos como diminutas alas, su mirada infantil contrariada aún reposa sobre su tía abuela.

—Ay, no lo sé. Anoche tuve una tos bastante fuerte.

—¡No me digas! ¿No tendrás…?

—¡Claro que no! Ni siquiera tengo fiebre. Solo es un poco de tos.

—Jan Jan, no te acerques a tía Amy. ¡Tiene tos!

—Juno, no te acerques a tía Amy. ¡Tiene tos!

Las madres de Jan y Juno operan juntas, cambiando los carricoches de sitio, tratando de persuadir a sus pequeños.

—¿Por qué toses? ¿Has comido algo en mal estado?

—No, la verdad. Debe de ser por el cambio de estación.

Ya me encuentro mejor. Anoche fue terrible, ¿sabéis qué hice?

—No…¡No nos digas que te pusiste a rezar!

—¡Exacto! Preparé un poco de agua caliente con sal, se la ofrecí a las deidades y les juré que había realizado muchas buenas acciones en el mundo y por tanto, la ofrenda de agua salada debía curar mi tos. Hice gárgaras con ella y *voilá*: ¡Fuera tos!

Juno se abalanza hacia el bisabuelo, al compás del «bip-bip» de sus zapatos sonoros.

—Bao, ¿corremos nosotros también?— pongo a nuestro Bao en el suelo y le ofrezco mis manos. Las agarra y correteamos descalzos mientras reímos. Aún no puede caminar por sí solo, pero está a punto. Nuestro Bao correteará él solito muy pronto. Se abraza a la pierna de su bisabuelo y levanta la mirada, cogiendo sus manos, las palmas extendidas, redondeando sus labios para formar un ¡Oooh…¡

Cada uno recibe un palito de galleta. Juno corre de vuelta hacia su madre. Bao cubre a su bisabuelo de besos y saliva, un truco que ha aprendido hace poco para conseguir más galletas.

—¿No está un poco pequeño?

—Creemos que está creciendo— me acuclillo y le doy palmaditas en la espalda, palpando la hilera de pequeños bultos que es su columna. Le masajeo las piernecitas con delicadeza. Son pequeñas pero capaces de propinar fuertes patadas cuando se le alimenta — .Sus padres ya le han abastecido de suficiente comida para tres meses. Fideos para bebés de Singapur, yogur para bebés de Nueva Zelanda, quesitos. No sé de dónde salen esos quesos pero se los recomienda su pediatra. Valen una fortuna.

—Deberías darle más verduras, hermana.

La madre de Jan se sienta en un banco al lado del seto y se sube la blusa, empapada en leche. Esos pechos hinchados, goteantes de leche que rezuma del pezón firme. Jan los chupa ávido, sus labios húmedos abarcan toda la extensión del pezón, una baba de leche se desliza por la comisura de sus labios, su palma estirada hacia las mejillas de su madre, los ojos de uno en los del otro. Él sonríe mientras bebe. Ella sonríe mientras le entrega su plenitud. Siento la crispación de mi pecho. Si exprimo mi pezón lo suficientemente fuerte, me pregunto, ¿saldría algo de leche?

—Sí, ya lo hacemos— contemplo a Jan mientras succiona— .Le damos su ración diaria de verduras y arroz *congee*. Siempre le da un berrinche cuando toca comer.

—¿No le ponéis sal?

—No, sus padres nos lo prohíben.

—Entonces estará insípido.

—Tienen miedo de que Bao desarrolle hipertensión.

La madre se pasa a Jan al otro pecho rezumante.

—Pero eso no es cierto ¿No cambias las recetas?

—Em… Sus padres tienen una dieta elaborada por un nutricionista. Normalmente, le hacemos el *congee* con pollo y brócoli, o *congee* con gambas y zanahorias. A veces ternera. O sopa de tuétano de cordero o de patas de pollo. Y tiene programados todos sus fideos, yogures, galletas, frutas, vitaminas y fórmulas, todo.

—¿Un nutricionista?— la madre de Jan alza la mirada, sus dedos acarician la mejilla húmeda y regordeta del bebé, en cuya superficie se hunde un hoyuelo. Jan se ríe, divertido por la suave voz de su madre. En la comisura de sus labios, la leche forma pompas— Mi Jan, ¿de qué te ríes?— el cuerpo de la madre se mece levemente.

La madre de Jan pidió la baja por maternidad cuando este nació. Tres meses se convirtieron en seis. Cuando ya se había alargado al octavo mes, decidió dejar su trabajo como locutora en una emisora de radio local. Su madre falleció hace tiempo y no tiene ninguna hermana que la ayude, ni tampoco los recursos para pagar a una cuidadora.

—No sé mucho sobre nutricionistas y no puedo permitirme la comida de importación ¿Es buena? Me alegro de que Jan beba tanta leche. Si tiene hambre entre horas, le preparo flan de huevo. Está bien de peso.

Bao y yo nos sentamos a su lado, él en mi regazo, con sus dedos pellizcando mis pulgares, observando, pensativo y fascinado.

De pronto, Bao arremete contra la cara de Jan. Y contra los pechos.

Nuestro Bao es un niño muy fuerte. Sus comidas son nutritivas y su ingesta de vitaminas más que adecuada. No creeríais que no ha probado una gota de leche materna. No lo creeríais. Nuestro Bao es un niño cariñoso. Cuando quiere demostrar su amor, sostiene tus mejillas entre las pequeñas palmas de sus manos y posa sus labios sobre los tuyos, dejando un rastro de saliva con sabor a yogur de fresa. Nuestro Bao es un niño muy nostálgico. Cuando contempla las calles vacías, mira atentamente, con fijeza; su corazoncito latiendo contra el mío, el largo recorrido de su respiración, su cuerpo quieto. Nuestro Bao es un niño muy empático. Comparte su comida con aquellos a quién quiere, te acerca sus galletas a la boca. Nuestro Bao adora cantar. Cuando le acostamos, canturrea con nosotros las nanas hasta que sus párpados se cierran.

Mientras lo mezo en mi regazo, le limpio las yemas de los dedos, teñidas de rojo, con el bajo de mi blusa.

—No pasa nada, mi amor. Está bien— le susurro al oído, las canicas de sus ojos rebosantes de lágrimas. Se tapa las orejas con las manecitas y yo pongo las mías sobre las suyas con cuidado. Sus labios forman una o pero no emite sonido alguno. La madre de Jan está gritando: su leche se derrama por todas partes, su pecho blanco está cubierto de arañazos; abraza a su Jan, que chilla mientras las lágrimas le recorren los magullados hoyuelos para mezclarse con el rastro de leche.

Bao y yo seguimos meciéndonos con suavidad: él en mi regazo, mi barbilla apoyada en su cabeza, mis manos aún en las suyas, las suyas aún sobre sus orejas. Juntos, contemplamos a una mujer gritando y a su retoño que chilla. —¿Qué drama, no crees?— Si puede entenderme, mi Bao estará de acuerdo conmigo. Observamos a algunas personas salir de los apartamentos. Les vemos hacer llamadas. Les vemos mirarnos. Oímos sus murmullos: la tía Amy sugiriendo llamar a una ambulancia; el abuelo que la hace callar; la madre de Juno trayendo el botiquín; la tía Amy sugiriendo rociar con los restos de agua salada bendita al bebé que chilla, para curarlo, y al bebé silente, para expulsar al espíritu maligno en él, si es que lo hay (¿por qué si no iba a hacer lo que acaba de hacer?); al abuelo haciéndola callar de nuevo.

Separo las manos de las orejas de mi Bao y le doy la vuelta para que esté de cara a mí. Enjugo las lágrimas que amenazan con brotar de sus ojos, aún sin éxito. Acerco su cara a la mía. Le beso la frente y la naricita. Aspiro el aroma a polvo de talco y a una conmoción que él aún no comprende.

Me desabrocho la blusa y me subo el sujetador. Mi pecho plano lo encara, un pecho asimétrico al que le falta un seno. Bao alza la mirada hacia mí y mi pecho asimétrico. Sonríe de forma apenas perceptible. Pellizca la cicatriz del lado plano. La araña. Me mira sonriente. Rompe a reír. Pellizca el pezón del otro lado. Lo tironea con fuerza, a izquierda y derecha. Tira de las hebras de pelo que lo rodean. Lo sostiene entre sus manos. Lo recuesto con cuidado en mi regazo e introduzco mi pezón en su boca.

La electricidad vuelve a las seis de la tarde. Cierro los ojos y escucho la tierra girar.

Buffet of Death
Henry Johns

Gloria and I sat at the garden table and exchanged a look of mutual fear. A fear of crisps and hummus and cornichons, and cream cheese, and variously-shaped crackers spread like playing cards, all showcased neatly across the chopping boards and chipped white sharing bowls. Evidently Harry and Paul had abandoned the regimen of Social Distancing, had resumed the free exchange of bodily fluids via hugs, handshakes, or foods. Or maybe they were oblivious. They famously refused to own a TV.

Harry was sunburnt red as his merlot, and drunk, jamming his lips shut to suppress a cough. Puffs of moisture spurted from each corner of his mouth, and his eyes leaked. Desperate eyes, wet and horrific. I touched my wife's hand.

I nodded slowly and considered our options. a) leave, in perfect safety, and continue our lives; b) stay, politely, and risk the lives of ourselves, our parents, and our two children. There seemed no other realistic option. Paul hung a cornichon from his purple blubbering lip and smiled, glancing at Harry. Harry coughed once more, redder again, and appeared to be dying.

Christ. Yes, Christ, what would Christ do? The garden was elevated from street level, meaning I could watch as a woman glided along below, her Labrador wearing a bone-print facemask. The sky was cloudless, plane-less blue.

I stared at Paul and did not say: if I eat this cream cheese my wife will die. I will become Ted Hughes. You're aware of Gloria's asthma, Paul. It could happen. It's increasingly likely that it will happen. So, if I eat this cornichon, or this cracker, what would that make me? Why are you not aware, Paul, you are a buffoon and it isn't funny this time. You are the devil and I am Christ, and this poppy-seed cracker is the bread of temptation, Paul, why are you not aware of these fundamental rules of pandemic life?

Admittedly, the devil had prepared a tempting spread. Five cheeses if you count cheddar; surely a record for Paul & Harry, the bumbling twosome. Our good old friends who mean no harm. And we probably won't become infected anyway. I will probably be fine. Should my wife die I will become a tragic and untouchable poet, such as Ted Hughes.

Probably.

I did not say to Paul: I just sanitised my hands when I came through the door, you saw me sanitise them before and after touching your Doberman. See the light, Paul, for God sake. You are a kind man, and you are the downfall of this nation. Harry's lips possibly suppressed another cough, and I closed my eyes in meditation, counting to ten. Paul is a kind man. Harry is a harmless drunk.

But altogether harmful. This is civic duty, there are innocent people out there, dying. Directly because of these leisurely exchanges, of fluids and homemade chutneys. And if I do kill my wife by eating this poppy-seeded cracker, what then? How will I explain that to the family? A cracker has destroyed your mother, kids, so sorry, it looked tasty. Oh Gloria, my vulnerable, really quite heavily asthmatic wife. It is not so funny as that, Paul.

My vulnerable wife bit her pink lipstick. My vulnerable wife lifted her hand from her side. The hand slowly snaked toward the poppy-seeded crackers. I shot her a look of discouragement, but the hand continued, nearer and nearer. She seemed possessed. And then a cracker was in hand. She stroked it for a moment then grasped it, cross-contaminated it into the hummus, and began the return journey, and I could see her mouth slowly opening, her eyes trembling, surely in full knowledge of the gravitas here. No! I wanted to shout.

My eyes wetted. Stop, please! My love. Don't you dare do this for me. Especially not for Harry and Paul, who did include cheddar in their five-cheese spread.

Time passed very slowly. A wood pigeon cooed. The cracker was in her mouth. Her teeth crunched like thunder. The wood pigeon cooed once more.

And that was it, wasn't it? Gloria and I would later kiss, we might have sex, at some point – that was it, it was over now. If she caught Covid, I caught it. Catharsis. So, I nodded toward her in solidarity and touched her shoulder, as if to say, yep, you did it. It's done. I'm with you, we're in this together. We will be buried side-by-side.

My hand darted for a cornichon and I bit down without

thinking. Sour, vinegary burst. Of punitiveness and civic disgrace. A drip fell from my lip to the tablecloth. Again, I nodded. And she chewed, and I chewed, and she chewed, and we nodded at each other for quite a while. Probably to the point where it resembled reassurance more than assurance, and implied fear more than solidarity.

I picked up my gin and tonic and the ice cubes clinked as my arm shook, ice cubes from the shared ice cube bowl. Most of the drink spilled over my hand and I drank slowly, always maintaining eye contact with my vulnerable wife. As she swallowed, her lips shook and slowly prised sidewards into a poisonous closed smile. I chewed slowly on the tainted cornichon and felt tonic water bubble on my chin. I couldn't swallow or smile, so, through a mouthful of cornichons, I just said,

'Wow, this looks so, so nice. Thank you. Very very much. And look how sunny it is. It's nice to see you.'

And it was sunny. Especially for a Tuesday in May. A breeze blew through the pruned hedge maze, at the edge of which we sat with the anarchists and enjoyed lunch. And watched as people passed below and wood pigeons cooed sombrely.

'I am going to read you a poem I wrote last night when I could not sleep,' I said to my wife the next morning. She said nothing. 'After putting down the pen, I slept quite well.'

O, to drown amid a well-known tide
of death
coronavirus

snapped from the tree
in the famous storm
and fallen to the tide
warm and belonging

to drown in the ebb of a narrative
grandiose,
resolute,
sodden with meaning,
and glad

She drank orange juice for a while. Then she coughed faintly and said, 'that is bad.'

El bufet de la muerte
Henry Johns
translated by Julia Martínez Yolba

Gloria y yo nos sentamos en la mesa del jardín e intercambiamos una mirada de miedo recíproco. Miedo de las patatas fritas, del humus, de los pepinillos y del queso para untar, y de las galletitas de formas variadas repartidas como si fueran naipes; todo ello expuesto con esmero en tablas de cortar y astillados cuencos blancos para compartir. Era evidente que Harry y Paul habían abandonado el régimen del distanciamiento social, y habían retomado el libre intercambio de fluidos corporales a través de abrazos, apretones de manos o comidas. O quizá eran simplemente inconscientes. No tenían televisor.

Harry se había quemado con el sol y estaba rojo como su merlot, y borracho, con los labios apretados para reprimir la tos. Desde las comisuras de sus labios salieron despedidas pequeñas gotitas de humedad y sus ojos lagrimearon. Ojos desesperados, húmedos y horripilantes. Toqué la mano de mi esposa.

Asentí lentamente y consideré nuestras opciones: a) irnos, a mansalva, y continuar con nuestras vidas; b) quedarnos, educadamente, y arriesgar nuestras vidas, las de nuestros padres y las de nuestros dos hijos. No parecía haber otra opción realista. Paul se colgó un pepinillo de sus hinchados labios amoratados y sonrió, mirando a Harry. Harry tosió una vez más, se puso rojo de nuevo y parecía que se estaba muriendo.

Jesús. Sí, Jesús, ¿qué haría Jesús? El jardín estaba elevado con respecto al nivel de la calle, lo que significaba que podía ver cómo una mujer paseaba por debajo, con un labrador que llevaba una mascarilla con estampado de huesos. El cielo azul estaba despejado y sin aviones.

Miré a Paul con detenimiento y no dije: —si me como este queso de untar, mi mujer morirá. Me convertiré en Ted Hughes. Eres consciente del asma de Gloria, Paul. Podría ocurrir. Hay cada vez más probabilidades de que ocurra. Entonces, si me como este pepinillo, o esta galleta, ¿en qué me convertiría eso? ¿Cómo es que no te das cuenta, Paul, de que eres un payaso y que esta vez no tiene gracia? Tú eres el diablo y yo soy Cristo, y esta galleta de semillas de amapola es el pan de la tentación, Paul, ¿por qué no estás al corriente de estas reglas fundamentales de la vida pandémica?—

Había que reconocer que el diablo había preparado un surtido tentador. Cinco quesos, contando el cheddar; todo un récord para Paul y Harry, el torpe dúo. Nuestros buenos amigos, que no pretenden hacernos daño; y, de todos modos, lo más probable es que no nos contagiaremos. Probablemente estaré bien. Incluso si mi esposa muere, me convertiré en un trágico e intocable poeta como lo era Ted Hughes.

Probablemente.

Lo que no le dije a Paul es: —me he desinfectado las manos al entrar por la puerta, me viste desinfectarlas antes y después de tocar a tu dóberman. Ve la luz, por el amor de Dios. Eres un hombre amable y eres la perdición de esta nación—. Es posible que los labios de Harry reprimieran otra tos, y yo cerré los ojos para meditar, contando hasta diez. Paul es un hombre amable. Harry es un borracho inofensivo.

Sin embargo, son perjudiciales en su totalidad. Esto es un deber cívico, hay gente inocente ahí fuera, muriendo; y la causa directa son estos intercambios ociosos de líquido y mermeladas caseras. Y si mato a mi mujer comiendo esta galleta de semillas de amapola, entonces ¿qué pasará?, ¿Cómo se lo explicaré a la familia? Una galleta ha destruido a la madre de tus hijos, así que lo siento, tenía buena pinta. Oh Gloria, mi vulnerable y muy asmática esposa. A mí no me hace ninguna gracia.

Mi vulnerable esposa se mordió el labio pintado de rosa. Mi vulnerable esposa levantó la mano que reposaba a su costado. La mano se acercó poco a poco a las galletas con semillas de amapola. Le lancé una mirada desalentadora, pero la mano continuó, acercándose cada vez más. Parecía estar poseída. La galleta ya estaba en su mano. La acarició durante unos instantes y luego la agarró, la contaminó con el humus y comenzó el viaje de vuelta, y yo pude contemplar cómo abría lentamente la boca, cómo le temblaban los ojos, con toda certeza a sabiendas de la gravedad del asunto. ¡No! Quería gritar.

Mis ojos se humedecieron. ¡Para, por favor! Mi amor. No te atrevas a hacer esto por mí. Especialmente no por Harry y Paul, que han incluido el cheddar en su mezcla de cinco quesos.

El tiempo transcurrió muy despacio. Una paloma torcaz arrulló. La galleta estaba en su boca. Sus dientes crujieron como si de un trueno se tratasen. La paloma torcaz volvió a arrullar.

Eso era todo, ¿no? Más tarde, Gloria y yo nos besaríamos, quizá llegaríamos a tener sexo... eso era todo, se había acabado. Si ella pillaba el Covid, yo lo pillaba. Catarsis. Así que asentí en su dirección a modo de gesto solidario y le toqué el hombro, como si dijera, sí, lo hiciste. Ya está hecho. Estoy contigo, estamos juntos en esto.

Mientras asentía, mi mano se abalanzó sobre un pepinillo y le di un mordisco sin pensarlo. Un estallido agrio y avinagrado. De la punición y la desgracia cívica. Una gota cayó desde mi labio sobre el mantel. De nuevo, asentí con la cabeza. Y ella masticó, y yo mastiqué, y ella masticó, y asentimos el uno al otro durante un buen rato. Probablemente hasta el punto de que el espectáculo se asemejaba más a una muestra de consolación que de consolidación, e implicaba más miedo que solidaridad.

Cogí mi gin-tonic y los cubitos de hielo tintinearon cuando mi brazo tembló, cubitos que provenían del bol de cubitos de hielo que compartíamos. La mayor parte de la bebida se derramó sobre mi mano y yo bebí despacio, siempre manteniendo el contacto visual con mi vulnerable esposa. Al tragar, sus labios temblaron y se torcieron paulatinamente en una venenosa sonrisa cerrada. Mastiqué despacio el pepinillo contaminado y sentí como el agua tónica burbujeaba en mi barbilla. No podía tragar ni sonreír, así que, con la boca llena de pepinillos, me limité a decir:

—Vaya, todo esto parece realmente delicioso. Gracias. Muchas, muchas gracias. Y mira lo soleado que está el día. Es agradable veros.

Era cierto que hacía sol. Especialmente para ser un martes de mayo. Una brisa soplaba a través del laberinto de setos podados, al borde del cual estábamos sentados con los anarquistas mientras disfrutábamos del almuerzo. También observábamos a la gente que pasaba por debajo y a las palomas torcaces que arrullaban con tristeza.

***

—Te voy a leer un poema que escribí ayer por la noche cuando no podía dormir —le dije a mi mujer a la mañana siguiente. Ella no me respondió—. Tras acabarlo, dormí estupendamente.

Oh, ahogarse en una marea conocida
de muerte
coronavirus

arrancado del árbol
en la famosa tempestad
y precipitándose a la marea
cálida y acogedora

ahogarse en el reflujo de una narración

grandiosa,
absoluta,
impregnada de significado,
y agradecida

Mi mujer estuvo bebiendo zumo de naranja durante un rato. Después, tosió con delicadeza y dijo:
—Es horrible.

Nightwalks
Denise Kuehl

Us versus them.

People are good at this. They understand us versus them. It helps when the us is an easily identifiable group and the them a group that looks different. Foreign. But we are all foreigners in every country except one and so Ken Marquez found himself far from home, in the nation of raw fish, animated characters and intricately folded paper art.

The sky should have been dark, but not even the night could fight the hum and clamor of the maelstrom that is this metropolis. The city's lights reflect on the low-hanging summer clouds in dark hues of purple – artificial human glow battling endless darkness. Ken walked without half a mind of where his feet would lead him.

Who would have thought.

Coronavirus in the news, at first it had felt like another world's problem. Unreal like a yurei, a Japanese ghost with no legs to carry it and yet crossing distances and borders at an alarming pace. Something that had happened in the news far away floating invisibly closer. Then the knock-out punch– they postponed the Games. After endless rounds balloting for tickets, he had finally won the aptly named lottery. The soccer semi-finals, Ken hoped Spain would make it that far this year. Good seats too, right behind the bench. With the Olympics out of the way, it went downhill fast. The government said events with large numbers of people were dangerous. The same government had no issues putting him on the morning rush hour train on his way to work, making a can of sardines look comfortably spaced. Selective perception of danger.

Ken looked up at the illuminated shop window in front of him. The pharmacy; open around the clock. He took off, his wired, old-school earphones as he entered the shop that had branched out to sell groceries next to the aisle of toiletries. Only not tonight. One aisle lay deserted, the shelves picked clean like the bones of an uncommon animal. Not a piece of tissue, toilet paper or wet wipes in sight. Ken put his earphones back on.

Who would have thought.

The government now asked people to work from home. A concept unfamiliar to most, unwanted by many. The stay-at-home mothers did not fancy having their husbands around in the 40-square-meter apartment after the schools had closed and the kid was supposed to be studying. It did not face Ken. He lived alone, 40 square meters and a family were the dream yet to be achieved.

He still commuted to work. Jizashukin, work with a time difference to avoid the full morning rush. Him and thousands of others. He stood quietly, facing away and yet in physical contact with seven strangers. If only these salarimen took their work home and stayed there.

At night, Ken walked towards the monument in the distance. The white figure, arms outstretched and towering. It would be illuminated green on a day with few infections. Yellow if cases were going down. Tonight, it shone blood-red like the harbinger of the end of times.

Who would have thought.

The state of emergency changed attitudes. Not a lockdown; never lock down. Only a call for common restraint in leaving the home for anything that was not important and urgent. Nobody had thought Ken could bring his work home, but there he was carefully arranging the heating lamp above the three eggs, each the size of a child's football. It would not be long now until his charges hatched, and if constraints were increased, if he missed the crucial moment… It had been too big a risk. Animal care in home office became part of his life.

Walking through the night, listening to an audio book in his native language, he could escape this world even if just for a moment. Ken paused, fished a few coins from his pocket and bought a drink at a vending machine along the little canal he had been following. The clatter of the can of cold coffee was so loud in the night, he heard it despite his earphones. Not a soul stirred around him. Ken took his mask off.

Who would have thought.

"Go back to where you came from! We don't want you and your diseases here." The day the old man yelled at him in the supermarket was the day he signed up for a groceries delivery service. Human contact went down drastically. Alone at home, waiting for the eggs to hatch. Once he had to take care of three ever hungry hatchling vultures time would surely pass quicker. But if watched kettles never boiled, did that mean watched eggs wouldn't hatch?

Ken tried to distract himself, but there was not much to do. He ate chocolates. He felt bad for eating too many chocolates. He started to walk during the nights.

Who would have thought.

At night he could feel free. Free of the constraints of the four walls that made up his home. One foot in front of the other took him all across the neighborhood. With no aim at first, then distance and fresh air in the warm night as the main goal. Japan was not doing badly when he compared with the statistics from back home. Ken called his mother, he told her he was worried.

"Are you looking after yourself, Ken?"

"Yes, mother."

"When can you come and visit?"

"I don't know. Our borders here are closed…"

"I miss you, my boy."

"I miss you too, mother." And he meant it.

Who would have thought.

He saw her before she noticed him, in the center of a small crossing. There was no traffic this late at night, but something still felt off about the situation. Ken approached with care, on his way home already, he did not feel like another detour tonight. As he came closer, he saw a woman in a simple dress, nothing else. Nothing in her hands, no bag, no phone.

She noticed him too, looked straight at him in a way strangers would rarely meet his eye. "So sorry," she mumbled as he came closer. "Can you help me? Please?"

Ken looked over his shoulder, but there was nobody but him. He took his earphones out, stopped a few paces away from the woman, who looked somewhat dazed.

"What did you say, I couldn't hear?" He asked in fluent Japanese.

"Help me please."

Who would have thought.

He took his small parcel to the post office. Nothing fancy, just a box of disposable masks that were not yet available in Spain. It had been years since he had handwritten a letter to his mother. Four open counters made the single line move along fast and before long Ken was at the top of the line. The post office employee in front of him finished with the previous customer and Ken was about to step up when the shutter came down. Must be coffee break.

Only the next counter also closed before taking Ken's parcel. And so did the third. When the fourth finished with their current customer, and the line had been growing, the employee must have felt like they drew the shortest straw. Ken was waved forward. From the corner of his eyes, he could see the other three counters reopening. The staff happy to deal with the customers who had been in line after him.

"I would like to send this to Spain," he said in the politest

Japanese he could muster as his heart ached. Yes, this foreigner spoke Japanese,

who would have thought.

"Help me please, I need... I don't feel so well."

"What do you need?"

In most cases, alone on the street, past two in the morning, Ken would not have stopped to talk to anybody. Japan might be safe, but Ken had seen things that would not have been out of the ordinary in Las Ramblas or Harlem. But this woman, the way she was wringing her hands, looking at him as if only partially seeing him – Ken stopped for her. It was mostly surprise that halted his steps. Nobody ever asked him for help. No Japanese person, that was. Us versus them. He was them, foreign-looking head to toe.

"I need... could I have a drink? Please?" She gestured at the vending machines.

Who would be outside, dressed in what most locals would barely wear in the privacy of their own home, let alone outside? Ken could not see where she might have a wallet, or a phone. Not even a house key. But she did not look like she had fallen upon hard times, her hair was neat and her hands were clean.

Who would have thought.

When the first vulture hatched, Ken was watching with fascination. He had seen dozens, hundreds of birds hatch in his previous job, but this was the first new hatchling he would look after since coming to Japan. There were no other birds to feed or to clean, he could just sit and watch as the hairline fractures appeared on the off-white shell, just above one of the purple spots Ken had used to tell the eggs apart.

The young bird that fought its way out of the egg was no beauty. Few birds were before their feathers came in. A glistening black beak broke free first. Ken's heartbeat faster when he heard the squeak and effort of the little one. It still took a while, but the black head followed and finally the mostly white body. He promised to look after the tiny new life and felt a fulfillment he had not felt in months. There was purpose now; he was needed.

Who would have thought.

"What do you want to drink?" Ken asked, inborn suspicion taking control. If the strange woman said anything alcoholic, he could simply walk on.

"May I have some juice," she hesitated, then added "please?"

The simple sentence disarmed him completely. Who asked a stranger in the middle of the night for help and all they want is a can of juice? Ken fished two coins from his pocket, there was peach juice in the vending machine. He pushed the button himself, instead of handing over the money.

"Here," he offered her the drink. She took it with both hands, one of them shaking as she fought the can open. She took a sip as if she had been given the elixir of life before looking at Ken.

"Thank you. You aren't Japanese, are you? But you have a kind soul. So very kind soul."

Ken didn't know how to respond. So he just smiled, told her to take care, and began walking again. Who indeed behaved like this? Was she diabetic? Had she suffered a sugar crash? Maybe when taking the trash out? That made sense, didn't it? So, it was good that he had helped, Ken decided, still thrown off that he was approached so freely.

Who would have thought.

The second vulture hatched without difficulty, but the third had made no sign of hatching yet. Ken was starting to worry as he prepared his hatchling's three-in-the-morning meal. Another thought floated through his mind. He remembered the woman, her hair, her simple dress. But he could not remember her feet, her legs.

In the witching hour, walking through the deserted town, that was how the old tales started didn't they? The encounters with the mythical, the kitsune or the tengu living in a world beyond his own. Japanese ghosts had no legs, Ken knew. He went through the motions of feeding his birds, but his mind kept racing. The world had become such a surreal place and after a while he might have fallen down the rabbit hole. Ken could not tell the following day, nor the following month, whether that encounter in the night had been real, a trick of his mind or something not quite out of this world. In a world without travel, without human interactions, and with two well-fed fluffy vultures in his arms, was it really so hard to believe that he had met a ghost?

Who would have thought.

Paseos Nocturnos

Denise Kuehl
translated by Rebeca Busto Acedo
and Marta Rodrigo Rodríguez

Nosotros contra ellos

A la gente se le da bien. Comprenden el significado de nosotros contra ellos. Resulta más sencillo cuando el nosotros se corresponde con un grupo fácilmente identificable y el ellos con un grupo que tiene un aspecto diferente. Extranjero. Pero todos nosotros somos extranjeros en cada país excepto en uno, y así se vio Ken Márquez lejos de casa, en la patria del pescado crudo, de los personajes animados y del arte del papel plegado de manera enrevesada.

El cielo debería estar oscuro, pero ni siquiera la noche era capaz de luchar contra el zumbido y el bullicio de la vorágine que es esta metrópolis. Las luces de la ciudad se reflectan en las bajas nubes de verano en oscuros matices púrpura: un resplandor humano artificial que lucha contra la infinita oscuridad. Ken caminaba sin pensar a dónde le llevarían sus pasos.

Quién lo iba a decir.

Cuando el coronavirus salió por primera vez en las noticias, parecía un problema de otro mundo. Tan irreal como un yurei, un fantasma japonés exento de piernas que lo sostengan y que, sin embargo, recorre distancias y cruza fronteras a un ritmo alarmante. Algo que había sucedido en las noticias, muy lejos de aquí, flotando imperceptiblemente cada vez más cerca. Y entonces, la gota que colmó el vaso: el aplazamiento de los Juegos Olímpicos. Tras los interminables intentos por conseguir entradas, por fin le había tocado la llamada lotería: las semifinales de fútbol. Ken tenía la esperanza de que España llegara lejos este año. Además, tenía buenos asientos, justo detrás del banquillo. Con las Olimpiadas fuera de juego, la cosa se desmoronó precipitadamente. El gobierno anunció que los eventos que atraen un gran número de personas eran peligrosos. Ese mismo gobierno que no tuvo ningún problema en mandarlo al trabajo en plena hora punta por la mañana en un tren que hacía que una lata de sardinas pareciera cómoda y amplia. Percepción selectiva del peligro.

Ken observó el iluminado escaparate que tenía frente a él. La farmacia, abierta las veinticuatro horas del día. Al entrar en la tienda se quitó los auriculares -con cables, chapados a la antigua- la cual se había ampliado para vender comestibles junto al pasillo de los artículos de baño. Solo que esta noche no. Un pasillo estaba desierto, con las estanterías arrasadas como si se tratase de los huesos expurgados de un animal. No había ni unos pañuelos, ni papel higiénico, ni toallitas húmedas a la vista. Ken se volvió a poner los auriculares.

Quién lo iba a decir.

Ahora el gobierno pedía que la gente trabajase desde casa. Un concepto desconocido para la mayoría, y que no a muchos agradaba. A aquellas madres que se quedaban en casa no les gustaba tener por allí a sus maridos todo el día, en un apartamento de 40 metros cuadrados, después de que los colegios hubieran cerrado y el niño supuestamente debiera estar estudiando. A Ken eso no le afectaba. Vivía solo, 40 metros cuadrados y una familia eran el sueño aún por cumplir.

Ken todavía iba al trabajo todos los días. Jizashukin, trabajar con una diferencia horaria para evitar aglomeraciones de la mañana. Y como él, otros miles. Se quedó en silencio, apartando la mirada y dando la espalda, en contacto directo con otros siete desconocidos. Ojalá estos salarimen se llevaran su trabajo a casa y se quedaran allí.

Por las noches, Ken paseaba hacia el monumento que se erguía a lo lejos. Una blanca figura, con los brazos extendidos, imponente. El día que había pocas infecciones se iluminaba de verde. De amarillo si los casos descendían. Esta noche brillaba en un tono rojo sangre, como si se tratara del presagio del mismísimo apocalipsis.

Quién lo iba a decir.

El estado de alarma cambió la mentalidad de la gente. No se trata de un cierre, nunca se cierra. Solo un llamamiento a la moderación colectiva a la hora de salir de casa para cualquier cosa que no fuera importante y urgente. Nadie había pensado que Ken pudiera llevarse el trabajo a casa, pero allí estaba, colocando con cuidado la lámpara calefactora sobre los tres huevos, cada uno del tamaño de un balón de fútbol para niños. No faltaba mucho para que sus responsabilidades eclosionaran, y si las restricciones aumentaban, si se perdía ese momento clave… Era un riesgo demasiado grande. El cuidado de los animales desde casa se convirtió en parte de su vida.

En los paseos nocturnos escuchando un audiolibro en su lengua materna, podía escapar de este mundo, aunque fuera por un instante. Ken se detuvo, rescató unas monedas del bolsillo, y compró algo de beber en una máquina expendedora situada al lado del pequeño canal que estaba recorriendo. El estruendo de la lata de café resonó tanto en el silencio de la noche que fue capaz de escucharlo a pesar de llevar puestos sus auriculares. No se veía un alma a su alrededor. Ken se quitó la mascarilla.

Quién lo iba a decir.

—¡Vuelve por dónde has venido! Ni vosotros ni vuestras enfermedades sois bienvenidos aquí—. El día que el anciano le gritó en el supermercado fue el día en que contrató un servicio de entrega a domicilio. El contacto humano se redujo drásticamente. Solo en casa, esperando a que los polluelos llegasen. Estaba claro que el tiempo se esfumaría una vez que tuviera que responsabilizarse de tres crías de buitres, siempre hambrientas. Pero el que espera desespera, y parecía que esos huevos no fueran a eclosionar nunca.

Ken intentaba distraerse, pero no había mucho que hacer. Comía chocolatinas. Se sentía mal por comer demasiadas. Empezó a salir de paseo por las noches.

Quién lo iba a decir.

Por la noche podía sentirse libre. Libre de las limitaciones de las cuatro paredes que conformaban su hogar. Un pie tras otro lo llevó a atravesar todo el vecindario. Sin objetivo alguno al principio, pero queriendo después alejarse y buscar algo de aire fresco en aquella cálida noche. Japón no lo estaba haciendo tan mal si lo comparaba con las estadísticas de su país. Ken llamó a su madre y le dijo que estaba preocupado.

—¿Te estás cuidando, Ken?—

—Sí, madre—.

—¿Cuándo podrás venir a visitarme?—

—No lo sé. Aquí las fronteras están cerradas…—

—Te echo de menos, hijo mío—.

—Yo también te extraño, madre—. Y lo dijo en serio.

Quién lo iba a decir.

La vio antes de que ella se fijara en él, en medio de un pequeño cruce. No había tráfico a esas alturas de la noche, pero la situación seguía sin cuadrarle. Ken se acercó con cuidado, ya estaba de camino a casa y esta noche no le apetecía dar otro rodeo. Según se iba acercando, pudo ver a una mujer con un vestido sencillo, nada más. Con las manos vacías, ni un bolso, ni un teléfono.

La mujer también se fijó en él, le buscó la mirada de una forma en la que los desconocidos rara vez lo hacían. —Disculpe—, murmuró ella cuando él se acercó. —¿Podría ayudarme, por favor?—

Ken echó un vistazo por encima del hombro, pero no había nadie más que él. Se quitó los auriculares y se detuvo a unos pasos de la mujer, que parecía un poco desorientada.

—Perdone, ¿qué ha dicho? No la he oído—, preguntó en un japonés fluido.

—Ayúdeme, por favor—.

Quién lo iba a decir.

Llevó un pequeño paquete a la oficina de correos. No era nada del otro mundo, tan solo una caja con mascarillas quirúrgicas que aún no se podían conseguir en España. Hacía años que no le escribía a su madre una carta a mano. Los cuatro mostradores que estaban abiertos hacían que la única fila avanzara rápido, y en poco tiempo Ken era el primero. El empleado de la oficina de correos que tenía enfrente terminó de atender al cliente anterior y, justo cuando Ken se iba a acercar al mostrador, se cerró la ventanilla. Debe ser la pausa para el café.

Pero el siguiente mostrador también cerró antes de que Ken entregara su paquete. Lo mismo hizo el tercero. Cuando el cuarto terminó con su cliente, y la cola había ido creciendo, el empleado debió sentir que siempre le tocaba comerse el marrón. Le indicó a Ken que se acercara. Por el rabillo del ojo pudo ver cómo se reabrían los otros tres mostradores. El personal se alegraba de atender a los clientes que habían hecho cola después de él.

—Me gustaría enviar esto a España», dijo en el japonés más

educado que pudo mientras se le encogía el corazón. Sí, este extranjero hablaba japonés.

Quién lo iba a decir.

—Ayúdeme por favor, necesito… no me encuentro bien—

—¿Qué necesita?—

En la mayoría de los casos Ken no se habría parado a hablar con nadie, solo en la calle, pasadas las dos de la madrugada. Puede que Japón sea seguro, pero Ken había sido testigo de cosas que perfectamente pudieran haber sucedido en Las Ramblas o en Harlem. Pero esta mujer, la forma en la que retorcía sus manos, mirándolo como si no lo pudiera ver del todo; Ken tuvo que pararse. Sobre todo fue la sorpresa lo que detuvo sus pasos. Nunca nadie le había pedido ayuda. Al menos, ningún japonés. Nosotros contra ellos. Él era el ellos, con una pinta de extranjero de pies a cabeza.

—Necesito… ¿podría darme algo de beber, por favor?—. Señaló las máquinas expendedoras.

¿Quién iba a estar en la calle, vestido con lo que la mayoría de los lugareños apenas se pondría en la intimidad de su casa, y mucho menos al aire libre? Ken no pudo ver dónde podría tener una cartera o un móvil. Ni siquiera las llaves de casa. Pero tampoco parecía que lo hubiera pasado mal, su pelo estaba impecable y sus manos limpias.

Quién lo iba a decir.

Ken observó con fascinación el momento en el que el

primer buitre salió del cascarón. En su anterior trabajo había visto nacer docenas, cientos de aves, pero esta era la primera cría que cuidaba desde que llegó a Japón. No tenía que encargarse de alimentar o limpiar a ningún otro, podía sentarse y observar cómo unas finas fracturas irrumpían en la blanquecina cáscara, justo encima de una de las manchas púrpuras que Ken había utilizado para distinguir los huevos.

El pajarillo que luchaba por salir del huevo no era precisamente bonito. Pocos pájaros lo eran antes de que les salieran las plumas. Un pico negro y brillante fue lo primero que apareció. A Ken se le aceleró el corazón cuando escuchó el piar y el esfuerzo que hacía el pequeñín. Tardó un poco, pero le siguió la cabeza negra y, finalmente, el cuerpo casi totalmente blanco. Se prometió a sí mismo cuidar de la pequeña nueva vida y sintió una plenitud que no había sentido en meses. Ahora tenía un propósito; alguien lo necesitaba.

Quién lo iba a decir.

—¿Qué quiere beber?— preguntó Ken, con una desconfianza innata. Si la desconocida elegía una bebida alcohólica, él simplemente se marcharía.

—¿Podría darme un zumo?— titubeó un segundo para después añadir —Por favor—.

Sus palabras lo desconcertaron por completo. ¿Quién pedía ayuda a un desconocido en plena noche para pedir una lata de zumo? Ken sacó dos monedas de su bolsillo, había zumo de melocotón en la máquina expendedora. Apretó el botón él mismo, en lugar de darle el dinero.

—Aquí tiene— dijo ofreciéndole la bebida. Ella la sostuvo con ambas manos, una de ellas temblaba mientras luchaba por abrir la lata. Bebió un sorbo como si le acabaran de dar el elixir de la vida, antes de mirar a Ken.

—Gracias. No es usted japonés, ¿verdad? Sin embargo tiene usted un buen corazón. Un muy buen corazón—.

Ken no supo cómo responder. Así que se limitó a sonreír, le dijo que tuviera cuidado y reanudó su marcha. ¿Quién se comportaba de esa manera? ¿Acaso era diabética? ¿Había tenido una bajada de azúcar? ¿Tal vez al sacar la basura? Eso tenía sentido, ¿no? Ken se convenció de que había hecho bien en ayudarla, todavía desconcertado por que se le hubiera acercado sin ningún tipo de reparo.

Quien lo hubiera dicho.

El segundo buitre salió del cascarón sin dificultad, pero el tercero aún no había dado señales de vida. Ken empezaba a preocuparse, mientras les preparaba a los polluelos su comida de las tres de la mañana. Otro pensamiento se le cruzó por la mente. Recordaba a la mujer, su pelo, su sencillo vestido. Pero no podía recordar sus pies, sus piernas.

Durante la hora bruja, caminando por una ciudad desierta, ¿acaso no era así cómo empezaban los viejos cuentos?

Los encuentros con espíritus fantásticos, el kitsune o el tengu que viven en un mundo más allá del suyo. Los fantasmas japoneses no tenían piernas, Ken lo sabía. Mientras le daba de comer a sus pajarillos, no podía pensar en otra cosa. El mundo se había convertido en un lugar tan surrealista que parecía que hubiera caído en la madriguera del conejo. Ken no podía asegurar al día siguiente, ni al mes siguiente, si aquel encuentro nocturno había sido real, una jugarreta de su propia mente o algo no tan sobrenatural. En un mundo sin viajes, sin interacciones humanas, y en el que sostenía en brazos a dos buitres peludos y bien alimentados, ¿era tan difícil de creer que se hubiera topado con un fantasma?

Quién lo iba a decir.

UNMASKED WRITINGS:
ISOLATED INTIMACIES

HISTORIAS DESCONFINADAS:
EN LA INTIMIDAD DE LAS HISTORIAS

First published by Egg Box Publishing, 2021
Part of the UEA Publishing Project Ltd. International © retained by individual authors. This book is sold subject to the condition that it shall not, by way of trade or otherwise, be lent, resold, hired out, stored in a retrieval system, or otherwise circulated without the publisher's prior consent in any form of binding or cover other than that in which it is published and without a similar condition including this condition being imposed on the subsequent purchaser.

ISBN: 978-1-913861-64-3
Printed and bound in the UK
Designed and typeset by Anna Brewster / annabrewster.co.uk

Project Coordinators
Bruno Echauri Galván—University of Alcalá
Maria Gómez Bedoya—University of East Anglia PPL
Silvia García Hernández—University of Alcalá
Lorena Silos Ribas—University of Alcalá
KR Moorhead—University of East Anglia LDC

Project Editor/Proofreader
Antonela Pallini Zemin

Editorial Assistants
Kieran Devlin & Martha Griffiths